心のとびらをノックした…

高村真理
mari takamura

文芸社

はじめに

一九九八年五月、地元福岡を離れた鹿児島での私の新婚生活はスタートしました。新生活を始めて落ち着いた頃、仕事もしてなくて暇をもてあましていた私は、前々から興味を持って愛読していた新聞の読者ページに投稿してみようと思いました。投稿が掲載された場合には新聞社からの薄謝が贈呈されるという話に「運がよければお小遣い稼ぎになるかもな」と、ちょっとした期待を抱いて。

初投稿の原稿を新聞社へ送って、何日か経った早朝、古くから鹿児島に住み、こよなく故郷を愛してきた友人の父親から、いきなり電話がかかってきました。「嬉しいよ。そんな風に思ってくれてるなんて」

私はなんのことか、さっぱり意味がわかりませんでした。

「新聞見たよ。記事、早速切り抜いて大事に保管したから」

私は慌てて、まだ新聞受けからとってきてもいなかった新聞を開いてみました。次の瞬間、私の名前、私の文章が載っているという大感動に出会い、これまでにない胸の高鳴りを感じました。そんな興奮状態がしばらく続き、一日中自分の名前をボーっと眺めていたように思います。

そして、また、新聞というメディアの反響の大きさにも驚きを隠せませんでした。この日、まったく知らない二人の方から、同じ内容の電話をいただくという、思ってもみなかったことが起こったのですから。

それから、私が投稿にはまっていったというのは言うまでもありません。自分の思いをありのまま原稿用紙にぶつけ、喜怒哀楽を表現することで、自分と常に向き合ってきたように思います。この本は、私というごく普通の人間が、結婚してからの約五年の間に鹿児島と福岡の地で生活し、歩んできた記録です。娘から妻となり、母親となっていった人生の一瞬一瞬において、何に悩み、何を考え、どう生きようとしてきたのか――。そんな当時の心の変化を交えながら、順に綴ったものです。

結婚直前、唯一旧姓で応募した初めての作品から、その後重ねられていった新聞への掲載記事などが、日記代わりに集まっていきました。私の流した涙のほとんどがこの本に記されています。

人と人とのつながり、様々な心と涙の色は、私が何かを書く時に一番大切にしたい大きなテーマです。世界にたった一つしかない私だけのエッセイがここに誕生しました。もし、あなたの心にじんわり響いてくる何かを感じていただけたら、私はこの本を出版したことを心から良かったと思えることと思います。

二〇〇四年三月

高村真理

心のとびらをノックした…◎目次

※本書は「南日本新聞」、「西日本新聞」、「読売新聞」、「九州ゼクシィ」（株式会社リクルート）に投稿された記事を一冊にまとめたものです。特別に記載のない作品は、原則として本書のために書き下ろされたものです。

お母さんへ

元気になれて本当に良かったね、母さん。母親って太陽みたいなもので、母親の明るい笑顔と元気な声があふれていれば、それはあったかい家族の象徴となる。それが我が家に戻ってきて、私は本当に嬉しいよ。

何でもない日常の中に宿っている、ほんの小さな幸せに気づかずに、ただなんとなく過ごしていたけれど、家族の存在や些細なふれ合いは、欠くことのできない幸せの条件なんだって、一年前の春に私は実感した。

毎日、病院のベッドの上でよく語り合ったね。自分の病気より家族の心配ばかりしてた母さん。私の結婚話なんか、嫌になるほどつつかれた。

「いい人いないの?」って何度聞かれたことか。だけど、こんなに早く見つかっちゃうなんて……。明日のことなんか誰にもわからない。人生って本当に不思議だよね。

子供の時から、父さんと母さんの仲の良さが私の自慢だった。人が寝ている時や休みの日に、家族のために真面目に働きに出る父さんと、どんなに朝早くても食事と弁当は欠かさず用意していた母さん。私が生まれる前から、それだけは変わらず三十年近く続いているよね。そんな父さんと母さんの娘に生まれて、私は本当に良かったと思う。自分の道に迷い、たくさん心配させてごめんね。

「私にとって一番の幸せは、仕事や遊びなんかじゃない。結婚して、あったかい家庭を築き上げること。新しい家族の太陽となること」

この答えが出るまでずいぶん時間がかかったけど、英二さんと二人なら、その夢もきっと叶うと確信できる。だから安心してね。母さんが、これからも父さんと助け合い、いたわり合って楽しく明るく過ごしていけるように願っているよ。

ただ、無理だけは絶対許さない。これは父さんにも言っておきたい。二人とも、もっと自分を大切にしなくっちゃダメだからね。まだ智恵も泰隆もこれからって時なんだから。

今まで本当にありがとうございました。そして、これからもよろしくお願いします。

（「九州ゼクシィ」一九九八年七月号掲載）

好きになれそう鹿児島

主人の転勤で北九州から越してきたばかりです。よく市電を利用しますが、こちらでとても感心したことがあります。学生らしい十代の人たちが、お年寄りや体の不自由そうな方々に席を譲っている姿です。

北九州ではこんな光景はほとんど見なかったように思います。眠ったふりや見ぬふりをしている人たちが多く、私もその一人でした。

席を譲るのはなかなか言い出せない、勇気のいることだと思っていました。でも、この間思い切って目の前のおばあちゃんに「どうぞ」と声をかけました。おばあちゃんはとても嬉しそうに「ありがとう」と言ってくれました。私は「これが当たり前だ」と思いながらも、内心とてもいいことをしたと大満足でした。

他人とふれ合い、心がこんなに温かくなるなんて久しぶりでした。新しく住む街への不安を吹き飛ばしてくれた学生たちに感謝の気持ちでいっぱいです。鹿児島に来て本当によかったと思います。この街が好きになれそうです。

（南日本新聞「ひろば」欄・一九九八年六月五日掲載）

スピード婚は幸せのあかし

二十二日の南日本新聞「ビビビ結婚事情」を読みました。歯科医師H氏と出逢った瞬間に「ビビビッ」ときたから結婚したという歌手の松田聖子さんを例に挙げて、短期間の交際で結婚に踏み切る理由が問われており、主人と知り合ってまだ一年も経っていない私はどうだったんだろうと、交際期間をふり返ってみました。

私たちの場合、最初からさまざまな視点で会話をすることが多く、そこから互いに信頼を生み、相手を人生のパートナーとして受け入れるまで時間はかかりませんでした。

結婚は「他人同士の生活」という、簡単なようでとても難しい現実からのスタート。結婚へあこがれをもち、夢物語でしかないのなら問題かもしれませんが、芽生えた恋を異性愛からより人間的な愛へ育てる時間を十分に共有できた二人なら、つき合いの長さはまったく関係ないと思います。

短期間で一生の決断をするのは大変勇気がいります。出会うタイミングがピタリと一致せず、問題が山積みなら難しいでしょう。結局、スピード婚は心と心で向き合った二人の幸せのあかしなのです。

（南日本新聞「ひろば」欄・一九九八年七月二六日一部掲載）

鯨の神秘に感動

先日、遅い夏休みをとって友人三人が、福岡から夜中に数時間かけて、鹿児島まで車で遊びに来てくれました。笠沙町の野間池漁港のイルカ・鯨ウオッチングに主人を含め五人で出かけたものの、鯨がなかなか見つからず、照りつける太陽と飛び散る波しぶきに皆はやや疲れを感じ始めていました。

しばらくして、船頭さんの「鯨を発見」の大きな声がかかりました。座りこんだり眠ったりしていた乗客の目は、一瞬にして海面にくぎづけ状態となりました。

空を舞う海鳥の群れに視線を合わせていると、少し遅れて鯨の潮が吹き上がり、尾びれが波を打つ。船がうんと鯨に接近し、その巨体を確認できた時、乗客全員からどよめきと拍手が起こりました。五人とも初めて見るこの光景に感激し、大満足の海の散歩となったのは言うまでもありません。まさに神秘の瞬間でした。
はるばる遊びに来てくれた友人たちにこの夏、いい思い出を作ってあげることができました。野間池漁港の皆さま、ありがとうございました。

（南日本新聞「ひろば」欄・一九九八年九月一三日掲載）

ゼロから始めてみませんか

二十六歳になりました。人生に転機は幾度か訪れるといいますが、私にとって二十五歳はまさにその一年でした。自分の生き方に疑問を抱き、迷いながらもなかなか殻から抜け出せなかったＯＬ時代。六年半勤めた会社を、二十五歳を機に退職。新しい自分を探そうと、専門学校を受験したところ、まさかの不合格。初めてのアルバイトで主人と出会い結婚、転勤、鹿児島での新生活。

すべてを捨てたゼロからの出発は、とても不安でたまらなかったし、かなり厳しいものでした。次から次へと現実に迫られ、心と体をコントロールするのに必死で突っ走っていた一年間。一言で語りきれないほどのいろいろな経験が、私の中に希望と夢を宿してくれました。

今の自分に不安やいら立ちを覚えている人はきっと多いでしょう。まっ暗な地面の底でもがいていても、光は必ず見えていると信じてください。ほんの少しだけ現実に正面からぶつかる勇気を出してみてください。明るい人生、すてきな自分にきっと出会えるはずです。

（南日本新聞「ひろば」欄・一九九八年一〇月一四日掲載）

交通事故の恐怖

十八日の「ひとたびハンドルを握れば」を読みながら、六年前のちょうど今ごろ起きた衝撃的な友人の交通事故を思い出しました。通勤途中の大きな交差点。直進していた彼女の車と右折してきた車が衝突。双方、一命は取り止めたものの、車は木っ端みじん。現場は思わず顔を背けたくなるほど、無残なものだったそうです。

今は元気に社会復帰している彼女ですが、事故当時に病室で目にした光景を、私は一生忘れないでしょう。自慢だった長い髪も失い、明るく元気な面影も消え去り、片言で言葉を伝えようと必死に話す彼女。まったく別人のようでした。ショックでした。

身近で起こって初めて痛感した交通事故。ハンドルを握る恐怖に襲われ、常に危険と隣り合わせにいるんだと実感しました。

「体に傷がひとつもなかったのがせめてもの救いなの。女の子だから」
母親の涙まじりの言葉を思い出すと、いまだに胸が痛みます。

（南日本新聞「ひろば」欄・一九九八年一二月二三日掲載）

目標達成し夢へ前進

私の九九年の目標は「実務書道師範」の修了証をもらうことです。カリキュラム通りに進めば一年間で講座が修了、師範三級の検定試験に挑戦となり、夢の資格が取得できます。

ワープロやパソコンが浸透し、手書き書面が珍しく思える今、私は年賀状の宛名を筆で書くこだわりをずっと持ち続けています。独身時代は、毎日慌ただしく時が過ぎ、一日の生活で精いっぱいでしたから「きちんと勉強してもっと字がうまくなりたい」という思いも、あやふやに消え去っていました。

けれど結婚して主婦業に慣れ始め、生活に少しやりがいがほしくなり、ここにきて趣味を生かして資格をとりたいという気持ちが次第に高まったのです。時間にゆとりのある今を逃したら二度とやれない気がします。
「最後までやり遂げること」を主人に約束して始めた通信教育。正直、これまで投げ出した講座もいくつかあります。だからこそ、今度は負けられません。頑張らなくては。

（南日本新聞「ひろば」欄・一九九九年一月三日「新たな出発」特集にて掲載）

すてきな場所見つけたい

私の実家のそばには、一級河川である遠賀川が流れていて、その土手を歩くことが大好きでした。落ちこんだりした時、気がついたらいつもそこにいました。

空がオレンジに染まり始めたかと思うと、太陽は水に溶け込むように一気に水面へ消えてしまう夕暮れ時は、絶景なのです。

風のにおいを感じ、足元の草花に触れながら自然と向き合って歩くことで、心の洗濯をしていたような気がします。

「最近、少しストレスがたまってきたかな」と思うと、日差しが窓から差し込んでくる午後、私は「歩きたい」衝動にかられ、あてのない散歩へ出かけます。結婚して鹿児島に住むようになってから一年もたっていないので、まだ土地勘もあまりつかみきれていません。気の向くままに歩きながら、新しい発見や出会いを探し求めている最中です。

田舎に負けないすてきな場所を探して、心と体の健康のため、今日も散歩へ出かけます。

（南日本新聞「ひろば」欄・一九九九年二月一六日掲載）

生きる勇気がわいた日

先日、知覧《ちらん》特攻平和会館を見学に行きました。陸軍飛行学校知覧文教所が本土最南端の特攻基地となり、沖縄戦に向けて多くの若いパイロットが飛び立っていったそうで、彼らが特攻前に書いた遺書や家族への手紙に胸を打たれました。戦後生まれの裕福な時代しか知らない私たちには、戦争の本来の姿は、多くの犠牲者が残し伝えるものでしか体験できません。

「生きてるって素晴らしい。くじけそうだったけど頑張ってみようと思う」

北九州から来ていた友達が、私にそっと打ち明けてくれました。戦争に触れ、歴史を見つめることで、私も友達も生きる勇気と出合えたのです。

生きているといろいろなことに直面します。多くの壁にぶち当たり、すべてを投げだしてしまいたくなる時もあれば、責任や悩みにおしつぶされそうになる時もあります。けれど、だからこそ、生きる意味があるのではないでしょうか。

（南日本新聞「ひろば」欄・一九九九年三月二五日掲載）

「自分だけは捨てない」心を

二十四日の社説「小さなゴミ」を読みました。私も同感です。自然の力で処理しきれなくなった現代のゴミ問題は年々深刻化しており、これから先、環境汚染はますます広がってゆくばかりで、不安を抱かずにはいられません。

街に出ると、走行中の車からたばこや紙くず、空き缶などがポイ捨てされる光景をよく見かけます。小さなゴミも積もれば山となります。道路の至る所に散乱されたゴミは、その後どうなっていくのでしょう。自分の家や庭が汚されると腹が立つもの。街や地球もそれと同じ。自分の生きる場所を自らの手で汚さない意識を皆がもてる社会になれば、わずかな希望も見えてくるような気がします。

増え続けるゴミ。苦労と費用がかかる対処法では、限界に達する時が来るでしょう。

「自分くらいいいじゃない」その心を「自分だけはゴミを捨てない」に置き換える意識の改革に、一人ひとりが積極的に取り組んでいくことが、環境汚染を防ぐ第一歩につながると私は思います。

（南日本新聞「ひろば」欄・一九九九年四月二九日掲載）

手づくりのプレゼント

結婚して初めて迎えた父の日。もうすぐ一周年になることもあり、今年は離れて暮らす二人の父へ手づくりのエッセイ集を贈ることにしました。

日常生活のちょっとしたエピソードや休日の過ごし方など、一年間の二人の暮らしぶりをテーマに分けて短く綴り、二人のツーショット写真も数枚折り込んで、アルバム風にまとめます。タイトルは「新婚エッセイ」と決め、表紙をつけて出来上がり。自分たちの一年間をふり返りながらのプレゼントづくり。主人と私の記念にもなるこの冊子が仕上がった時は、二人で感激し、何度も読み返しました。

結婚して家庭をもつ。幸せであると同時に、自分たちの未熟さも日々痛感してきました。親の存在がいかに大きなものであったか、身にしみて感じるようになりました。

どうしても一度きちんと感謝の気持ちを伝えたかったけれど、このエッセイ集でそれが果たせたと満足しています。今年の父の日は、忘れられない日になりました。

（南日本新聞「ひろば」欄・一九九九年六月二二日掲載）

サヨウナラおばあちゃん

先日、実家でともに暮らしていた祖母が、八十七歳の生涯を閉じました。数年前から、父を相手に老人ホームで毎日リハビリをくり返し、自由のきかなくなっていた体も、一年くらい前の私の結婚式に車椅子で参列できたほど回復していました。それが脳梗塞《こうそく》を患い、病院のベッドで点滴だけの無言生活になって三ヵ月。盆に家族と会って次の日、安心したせいか容体が急変し、帰らぬ人となりました。

半年ぶりに会う祖母は、小さくなっていました。もう、リハビリも点滴も床ずれもすることなく、やっと落ち着いたという感じで、安らかに眠るかわいらしい姿が、とても印象的でした。

結局、最後の晴れ舞台が、一度きりの孫の結婚式となってしまいました。結婚の報告に行った時、これまで見たことのない最高の笑顔で祝福してくれたことが思い出されます。病気と闘ってきた祖母、そして何より看病や世話に追われた両親に、「本当によく頑張ったね」って言ってあげたい。

（南日本新聞「ひろば」欄・一九九九年八月二七日掲載）

独りぼっちの寂しさ脱出

まったく知らない土地で暮らすことが生まれて初めての経験で、不安いっぱいだった私に元気と希望を与えてくれたのが、南日本新聞の「ひろば」でした。

主人が仕事へ行けば独りぼっちになる私にとって、毎日「ひろば」で出会う人たちが唯一の話し相手。それぞれの話や意見に感動したり共感したり。そのうち、聞く（読む）だけでは物足りなくなったのか、気がつけば私も「ひろば」の仲間入りを果たしていました。

活字となった自らの名前と文章を初めて目にした時の感激はいまだに忘れられません。投稿を始めてからはや一年半。今では、一番の趣味となり、そして離れて暮らす両親へ私の近況を伝える手段として役立つようになりました。

鹿児島へ来て慣れない生活の中で、ささやかな楽しみとなった南日本新聞紙面での「ひろば」コミュニケーション。独りぼっちの寂しさから脱出できたのも、「ひろば」のおかげかもしれません。

（南日本新聞「ひろば」欄・一九九九年一〇月一七日「南日本新聞と私」特集にて掲載）

別れと挑戦を体験した一年

今年の夏、祖母が他界しました。待望の第一子妊娠がわかったのがそのすぐ後で、「これは祖母からのプレゼントだ」と喜んでいたのもつかの間、妊娠三ヵ月で医師から流産を告げられました。ほんの小さな命が私の中で息絶えたのです。毎日が、涙の連続でした。

それでも、私にとって大事な今年のチャレンジは続きました。書くことだけがとりえの私が、どうしても手に入れたかった書道師範三級の免許。「ひろば」で公言して取り組んでいたことが励みとなり、検定試験に合格してなんとか九九年の目標を達成することができました。

ふり返ると「別れ」と「挑戦」の年でした。死と向き合い、その悲しみを味わったことで、私は生きている喜びをこれまで以上に感じることができたのです。これから、もっともっと涙を流す日があるかもしれません。それでも、どんな壁にぶち当たっても立ち向かい、挑戦していく勇気だけは持ち続けていたいと思います。

（南日本新聞「ひろば」欄・一九九九年一二月二五日「九九年を顧みて」特集にて掲載）

がん患者の家族として

がんを他人事と思えなくなっている私は、本紙連載の「がんを考える」を興味深く拝見しています。「私はがんかもしれない」ある日、母に右手をぐっと引き寄せられ、片乳房の上にあるはずのない固いしこりと出合わされた時のこと、今もはっきりと覚えています。間違いであってほしいという願いも届かず、その日から母と家族の「がん」と闘う日々が始まったのです。

今は幸い再発もなく、元気に暮らしていますが、当時をふり返ると、いまだに瞳がうるんでしまいます。自分でがんを見つけ、たった一人で病院へ出向き、告知を受けた母。思わぬ大病と乳房との別れに、どれだけ心を痛め、涙したのでしょうか。見舞いで見た母の顔からは想像もつきませんでしたが、私は母の精神力に何度も脱帽しました。

がんを正面から見つめ闘っていくことは、とても勇気がいることです。けれど少し壊れそうになっていた私たち家族の絆は、この一件で、とても強いものに生まれ変わりました。一緒に闘えて本当によかったと思います。

（南日本新聞「ひろば」欄・二〇〇〇年三月一七日掲載）

偶然の悲劇　激しい怒り

福岡出身の私にとって、西鉄バス乗っ取りはとてもショッキングな事件でした。北九州と福岡市内への移動の際、私もよく利用しているので、高速バスは手軽な交通手段の一つです。それだけに、この事件を知った時は、身ぶるいがするほどゾッとしたと同時に、激しい憤りを感じました。

先日、バスのH運転手が会見している姿を拝見しましたが、事件にかかわったすべての人が心に大きな深い傷を負い、今もなお苦しんでいることを証明していました。あの涙にもらい泣きをしたのは、私だけではないと思います。

どうして、こんな世の中になってしまったのでしょうか。最近、ニュースを見るのがとてもつらくなりました。人に迷惑をかけることをなんとも思わず、命の貴さを知らない人間が増え続けているのがたまらなく悲しいのです。なんの関係もない人間が、たまたまそこに居合わせただけで悲劇を見る、そんな物騒な世の中に生きる私たちに今できることは、自ら身を守ることしかないのでしょうか。

（南日本新聞「ひろば」欄・二〇〇〇年五月一九日掲載）

今この瞬間を精いっぱいに

私がＯＬだった頃、ずい分とお世話になっていた人の奥さんが、今年四月に、急性骨髄性白血病で亡くなったと、人づてに聞きました。四十歳でした。

私にとっては理想の仲よし夫婦で、年賀状はいつも家族旅行の写真つき。結婚八年目にしてようやく子供も授かり、まさにこれからって時の訃報。二年前の私の結婚式に、彼が遠方より来てくれた際、「ついでに家族で福岡に遊びに来た」と楽しそうに話してくれていたのに――。信じられませんでした。最愛の妻を亡くした彼の気持ちを察すると、かけてあげる言葉も見つからず、いまだに連絡をとれないでいます。

そんな時、アンディ・フグさんの急死をテレビで知りました。病名を聞き、私は白血病の恐ろしさをあらためて認識しました。三十五歳、なんと、早すぎる死なのでしょう。

人生で私が今、一番恐れていることは、愛する人との突然の別れ。病気、事故、天災……。いつ、どこで、どうなるのか、だれにも予測できないだけに不安は隠せません。

「死」という現実と直面するたびに、今を精いっぱい生きようとの思いが強くなります。未来を夢みて希望を捨てない、そんな生き方ができれば……。

（南日本新聞「ひろば」欄・二〇〇〇年八月三一日一部掲載）

新しい命をありがとう

神様からプレゼントを授かりました。二十一世紀の最初の年、私は母親になります。結婚して三年半。去年に流産を経験し、子供は半分あきらめていました。

子供のことばかり考える生活が嫌で、そこから抜けだそうと自分のための時間をつくり、将来役に立つかもしれない資格取得への挑戦を続けることにしたのです。書道師範免許の二級まで手に入れたおかげで、自分に自信もついてきて、前からほしかったもう一つの認定資格、ホームヘルパーに挑戦する決心もつきました。

同じ目的で集まった人たちとの出会い、新しい世界を知るおもしろさや、大学なみの慣れない講義とレポート書きのくり返し。余計なことを考える暇もない、精いっぱいの充実した日々のおかげで、十二月末には資格が一つ増えそうです。

子供が欲しくてたまらず、後ろ向きの毎日を送っていたら、神様もごほうびを与えてくださらなかったかもしれません。だから、ほんとに嬉しい。

二〇〇〇年はいろんな意味で、私のステップになる年でした。二十一世紀に新しい夢を託したいと思います。

（南日本新聞「ひろば」欄・二〇〇〇年一二月二〇日「二〇〇〇年を顧みて」特集にて掲載）

鹿児島の生活　決して忘れぬ

もうじき鹿児島を離れることになりました。結婚と同時に始まった、知らない街での知らない人との生活。戸惑いながらもいろいろな危機を乗り越えて、夫婦の絆を深めてこられたことは大きな財産です。短い間だったけれど、鹿児島に私たちの歴史を残せたことは、これからの人生に大きく役立てていけると思います。

歴史といえば「ひろば」です。私は、そのつど感じたことを打ち明けてきました。なんとなく初投稿してから、十数回も紙面に名前を載せていただきました。私という人間が存在する実感を得たことが大きな自信につながり、生きる力をもらえたように思います。

名前も知らない人から電話や手紙をもらうたびに、「ひろば」の影響力に驚きながらも、人のあたたかさにふれ、心を熱くしました。鹿児島に来て不安だらけだった私を、何度も「ひろば」が助けてくれたのです。本当に感謝でいっぱいです。

地元に戻って一から再スタート。ここでの生活は決して忘れません。この場をかりて、「ひろば」とその仲間にありがとうを伝えます。

（南日本新聞「ひろば」欄・二〇〇一年二月一日掲載）

完全母乳で頑張ってます

「おめでとう。元気な男の子ですよ」鹿児島で授かった命が、この世にようやく誕生しました。

朝、食事を終え、ひと息つこうとソファーに腰を下ろした瞬間、突然の破水。電話を入れて、あわてて病院へ直行。即入院となり、陣痛がピークになるまで時間はかからず分娩室へ。お産はどんどん進み、あっという間に、「おぎゃあ」の声。気がつけば病室に戻っていました。時計に目をやると午前十一時過ぎで、入院してから三時間というびっくりするくらいの安産。産まれたての赤ちゃんを抱かせてもらい、夢に見ていた初対面となりましたが、かわいいという感動よりも、仕事をやりおえた脱力感でボーッとしてしまいました。

今、生後二ヵ月になります。「世界一かわいい」そう思えるまで一ヵ月くらいかかりました。いろいろなところが痛むのは予想外の展開。特に、つくられてるのに出ないおっぱいには一ヵ月悩まされましたが、今のところ完全母乳で頑張っています。

子育ては大変だけど、それ以上に幸せを与えてくれるもの。毎日ふくらんでいく夢の数々。早く一緒に食卓を囲みたい。今一番の願いです。

（南日本新聞「ひろば」欄・二〇〇一年八月一八日一部掲載）

愛情いっぱい　子育てに奮闘

六月に母となり、毎日慣れない子育てに追われています。寝不足が続き、母乳の出ない日々に悩んでいた頃に比べ、だいぶ楽にはなってきたけれど、この三ヵ月は本当にあっという間でした。赤ちゃんは言葉はしゃべれないし、自分のことは何一つできません。その欲求を満たしてあげる役割は、思っていた以上に大変です。

わが家のアイドルは、元気な男の子。母乳もよく飲み、便も大量です。おふろと散歩が大好きで、今のところ夜泣きもしません。時々甘えて泣き、ぐずぐずしていらいらもさせられますが、あやすと笑ったり、手遊びを覚えたり、声が出たりと、一日一日めまぐるしく成長していく姿はとてもいとおしく、かわいい。まさに天使です。

親から愛される子どもが減ってきている現実は信じられないし、強い憤りすら覚えます。望まないなら、親にならなければいいのに。子どもがほしくて、泣いている人もたくさんいるということを知ってほしい――。

私はこの子を宿した時の気持ちを、一生忘れないでしょう。最高の贈り物を受け取ったのだから。

（西日本新聞「こだま」欄・二〇〇一年一〇月一日一部掲載）

育児の中から幸せを

今年は育児初挑戦の年でした。私の一日は、まず布オムツの洗濯で始まりました。少しでも早く洗濯機を回さないと家事が遅れ、あっという間に一日が終わってしまいます。六月に長男を出産してからは、その日を暮らすことで精いっぱい。

気がつけば、今年もカレンダーの残りわずか。あんなに小さな赤ちゃんだったわが子のムチムチした手足やまるまるした顔を見ると、それもそのはずか……と実感します。

夫や自分のことより、まず子どものことを考えるようになりました。生活が百八十度変わり、慣れるのが大変だったけれど、あれができた、これを覚えたと、わが子が毎日少しずつ成長していく姿を目にすることができました。それが今年は一番楽しかったのです。新しい年もきっと育児に夢中で、もっともっと早く過ぎていくと思うけれど、時間の使い方を工夫して息抜きの時間をつくり、違う世界の空気にふれてもみたいと思います。

世の中、暗いニュースが絶えないけれど、明るい声と笑顔がいっぱいの幸せな家族を目指して、来年も頑張って育児に励もうと考えています。

（西日本新聞「紅皿」欄・二〇〇一年一二月二四日「新しい年」特集にて掲載）

学校週五日制　休みを有効に

完全学校週五日制の導入によって、学校行事の運営が見直されています。私の息子はまだ一歳で、現実問題として実感はありませんが、生徒の個性を伸ばそうと、土曜講座を開設した学校もあると知り、とてもいい取り組みだと感心しました。

私自身、結婚後に通信講座で書道師範の資格をとり、ホームヘルパーの認定講座に通い、二級認定を受けましたが、かなりの根気と忍耐が必要でした。同じ目的をもった人たちとの交流と、好きなことを学べる喜びがあったおかげで、無事にやり終えることができました。

今では主婦の資格取得が、ブームになっているほどです。学生のうちから、早い段階で自分の考えを持ち、興味のあることを追求する機会をもてることは、とても画期的だと思います。
どの学校も、ぜひ生徒の将来を考えた上で、お休みの有効活用をしてほしいと願います。大人が子どもの生きる活力を見いだす環境づくりこそ、一番の課題のような気がします。

（西日本新聞「こだま」欄・二〇〇二年六月一四日掲載）

自分の本出版　自分への宿題

　物心ついた時から、私には二つの夢があります。好きな人と結婚して子どもを産み、幸せな家庭をつくるという一つの夢は昨年、息子がこの世に誕生したことで実現しました。平凡でありきたりですが、今は忙しい毎日に喜びを感じながら生活しているので、幸せをかみしめています。

　もう一つの夢は、そう簡単には叶いそうもありません。

「自分の本を出す」これは私が生きている間の、自分への宿題です。

　書くことが好きな私は、結婚を機に、新聞への投稿を始めました。読者のページに名前が載ると、嬉しくて書く意欲がさらにアップし、今では趣味となりました。自分の記事を切り抜いたスクラップも二十点を超えました。まだまだ本にするには不足だけれど、自費出版でいいから、いつか自分の生きたあかしを冊子にして残したいと考えています。

自慢できるようなことは何もないけれど、自分が何を考え、生きてきたのかを子どもに伝えたいのです。子どもが生きる上でのヒントにしてくれれば、これ以上の幸せはないと思います。

（西日本新聞「こだま」欄・二〇〇二年八月一一日掲載）

心を締め直して

「退屈でつまらない」運転免許の更新手続きで受ける講習の印象でした。けれど、今回は「被害者のビデオ」を見せていただき、自分のふまじめさを深く反省しました。

被害者の家族は、突然ふりかかってきた現実を受け入れられないまま、これまでと同じように生きていかなくてはなりません。ビデオの中で、父親と二歳の息子が残され、一日一日を精いっぱい生活している姿は、一歳の息子をもつ私の胸を打ち、涙が止まりませんでした。

母親の存在の大きさを感じながらも、後ろを振り返ってばかりでは前に進めないからと、気力で自分をコントロールして、仕事と子育てに励んでいる父親。自分の夫の姿を重ねてみた時、私は「まだ死ぬわけにはいかない」と思わず息をのみました。

心の準備もなく、悲劇に直面する交通事故。以前、私の友人も事故で大けがをし、その時、人ごとだと思っていた交通事故を身近に感じ、常に危険と隣り合わせの現実に気づきました。「愛する人を悲しませてはいけない」と強く思います。緩みかけた心を締め直し、幸せを守っていこう、と心に決めました。

（西日本新聞「紅皿」欄・二〇〇二年一〇月一七日）

前略　お父さん

先日、父が定年を迎え、四十二年間勤めていた会社を退職しました。

三交代の仕事をしながら、ほとんど「疲れた」とか「きつい」とかいう弱音をはかなかったとても強い人ですが、「夜勤に出なくていいのが一番嬉しい」という言葉に、危険な現場で働く父の本音を垣間見た気がしました。

祖母の介護が重なり、仕事との両立をしていた頃が一番大変だったと思います。脳梗塞で倒れた祖母が、寝たきりになって、施設に入ってから、父は毎日のように通所し、全ての介護を母や介護士さんに任せることなく、自ら祖母の手を引き献身的にリハビリの手伝いをしていました。その姿は、誰も真似できないくらい尊敬に値するもので、その娘に生まれた私は本当に誇らしかったです。

父の努力の甲斐あって、いったん車椅子で動きまわれるくらいにまで回復した祖母。今は、他界してしまったけれど、親孝行の父に支えられて本当に幸せだったと思います。

娘からそんな父親へ、退職祝として初めての手紙を贈りたいと思います。

お父さんへ。

小さい頃は、あなたの背中をほとんど知りませんでした。だから、周囲の人たちのように「父を尊敬している」なんて、どうしても言えませんでした。ごめんなさい。でも、「あなたの尊敬する人は誰ですか?」と、今聞かれたら、迷うことなく、私はこう強く答えます。「お父さんです!」と。

お父さんの娘に生まれてこられたこと、本当に良かったと思っています。

今まで家族のために働いてきた時間を、今度は自分のために思いっきり費やしてください。あなたの娘として、次は夢に向かって頑張る父親の姿が見たいのです。そしてその背中を私はまた追いかけて行くつもりです。なぜなら私も今、また同じ夢を持って歩きはじめているのだから。
お父さん。長い間ご苦労さまでした。
そして、心から「ありがとう！」

真理より
（二〇〇三年三月二〇日）

本との出合い、心を豊かに

先日の本紙「活字文化推進フォーラム」で、活字離れをしている子供たちと読書をすることの大切さについて大きく取りあげていて、興味深く拝見しました。

私が思うに本の魅力とは魔法を持っているということです。面白いものは時間を忘れさせるだけでなく、それを超えた冒険が楽しめ、気持ちまで本の世界に引き込まれる力があります。感動させられる本に出合えば心が躍動し、感情が涙となった瞬間に、心はフワッと宙に浮きます。まるで宇宙空間に迷い込んだかのような感覚を覚え、時間も止まります。私はそんな刺激がほしくて、また次の本を手にします。

子供たちには、その魔法にかかってほしいと思います。本は心を豊かにし、人間も育ててくれる一番身近な教材だからです。

犯罪がどんどん低年齢化していく背景には、子供たちの心の発育の未熟さがあるように思えてなりません。

大人が本の魅力に気づき、子供と一緒に楽しめたら、あふれるほどの本が味方になってくれるし、犯罪なんてくだらない世界に足を踏み入れることもなくなるのではないでしょうか。

子供たちが、素敵な魔法をかけてくれる本に出合うことにより、自分の「光」――明るい未来――を見つけてくれたら、と強く思います。

（読売新聞「気流」欄・二〇〇三年四月三日一部掲載）

親として最低の義務

愛知のゲームセンターで、昨年七月に当時一歳十ヵ月になる男の子が誘拐され、殺害されていた事件の犯人が先日逮捕されました。

私の息子は、今、その子と同じ一歳十ヵ月です。事件に息子の姿が重なり、なんともいたたまれない気持ちになり、涙が頬を伝いました。犯人には激しい憤りを感じ、とても許せません。けれど事件の背景には、親の責任感のなさが感じられてならないのです。

深夜に子供を連れてゲームセンターへ出向き、眠っている子供を置き去りにして、自分は友達と遊んでいる母親。私にはその神経が、どうしても理解できません。子供は夜にはきちんと布団で寝かせるべきです。親は夜遊びなんてしないで、それを優しく見守るべきではないでしょうか？

自分の欲求を満たしたい親のために、どれだけの子供が犠牲になっていることでしょう。深夜に子連れでコンビニへ行ったり、遊びに出かける光景もたまに見ますが、驚愕してしまいます。

子育て中は、時間が子供中心に回ります。親はとても窮屈かもしれません。でも少しだけ我慢してほしいと思います。親なら、かわいい子供を自分の手で守る最低限の努力をしてほしい。決して後悔の涙を流すことのないように。


（二〇〇三年四月一六日）

人生の大先輩

人生の大先輩である義父の話には、すごく説得力があります。なんて自分は器の小さい人間なのだろうと考えさせられることが多いし、甘さを認識させられもします。主人が仕事でいない時、食卓でお酒を汲み交わしながら、いろいろな語らいをしますが、それが私の小さな楽しみになっています。

何より嬉しいのは、本当の娘のように接してくれていること。多少の遠慮はあるかもしれませんが、ありのままの本心を話してくれるのです。私は胸が熱くなって、自分が今ここにいることの幸せをしみじみと感じ、涙が止まらなくなってしまうことだって少なくありません。

結婚して丸五年。こんな近くにすてきな義父母がいるのを忘れて、私は息子のことで一人頑張ってしまう時があります。変な意地を張って、困らせることもあります。でも、それは間違っていると、ようやく気づきました。

縁あって結びついた家族が支え合って生きていくのは当たり前のこと。夫とけんかして「実家に帰る」と逃げてばかりいた自分からは、もう卒業しなくては。スープの冷めない距離に住む、もう一つの家族が見守ってくれているのだから。

（西日本新聞夕刊「紅皿」欄・二〇〇三年五月二二日掲載）

社会と交わる育児を実践

一歳十一ヵ月になる息子に三ヵ月ほど前、自閉症の疑いがあると言われて以来、自閉症という言葉にとても敏感になり、本などから情報を集め、自分なりに勉強をしています。

「何かほかの子と違う」と感じ始め、いろいろ考え、泣いた日もありました。「ごくわずかな症状が出ているだけ」と言われても心配で、どうしたらいいのか悩みました。しかし、下を向いていては前に進めません。「自由に遊ばせ、たくさんの子供たちと交わらせるように」と言われ、今、それを実践しています。

私が幹事になり、近所のお友達を誘って遊ぶ計画を立てたり、地域の親子サークルに通ったり、公園へ連れ出したりしています。親が積極的に行動を起こさない限り、子供は階段を上っていけない気がするからです。

先日の本紙、「教育ふぁいる」に「ロボットを作るように自閉症の子どもを育てよう」という東北大学大学院・渡部信一教授らの取り組みが出ていて参考になりました。

これからもじっくりと社会に慣れさせる訓練をしながら、息子の成長を見守りたいと思います。

（読売新聞「気流」欄・二〇〇三年五月二三日掲載）

ぬか床に愛情そそぐ

夏場は、どうしても管理が難しくなるぬか床。最近、我が家の味が少し落ちていると主人に指摘をされました。そもそも、私がぬか漬けを始めたのは、主人の大好物であるキュウリのぬか漬けを毎日食卓に並べたかったから。「おふくろの味」。やや、それに対抗心を燃やしていたのかもしれません。

結婚する時、義母からぬか床の半分を譲り受けてから、もう丸五年になります。毎日ぬか床と会話をしてきましたが、義母のぬか漬けにはまったく敵いません。敵うはずはないのですが、あの味を受け継ぐためには、もっともっと年数をかけてぬか床を育てていかなければいけないと思います。一応主人には合格点をもらっているのですが。

そのぬか床の味が落ちたというのは、我が家の一大事です。暖かくなってきたためか、ぬか床が少々弱り気味。ぬか床が病気になりかけているのでしょう。ぬか床は正直なので、愛情が足りないと、すぐにＳＯＳを出します。今は、毎日漬けずに時々休ませたり、カラシやサンショウ、塩などを入れて力を蓄えさせていますが、ぬか床の変化に敏感になるのも、伝統の味を絶やさないため。ちょっとした私の自慢も失くしたくはないというのが本音でもあります。

私は、新しい友達が増えると、友情のしるしに我が家のぬか漬けを食べてもらうことにしています。私にしかできない、ちょっとした手土産になるし、親交もうんと深まります。実際、野菜を分けてもらえることも増えて、助かっています。ほとんどの人が喜んでくれますが、これは、やっぱり伝統の味の強さだなと実感。ぬか床への愛情も深まってきています。なんとか蘇らせたい。この夏が、勝負になりそうです。

（読売新聞「気流」欄・二〇〇三年六月二七日はがきコーナー一部掲載）

楽しい公園、マナーは守って！

二歳の息子を連れて、毎日近くの公園へ行きます。もう一年以上も通っていますが、最近特に気になることがあります。それは、公園利用者のマナーの悪さです。

公衆トイレのトイレットペーパーを木に引っ掛けて遊んだり、お菓子のカスを平気で投げ捨て、ごみをまき散らして帰ったり、近所の家に勝手に入って道具を持ち出して遊ぶ小学生。まだ上手におしゃべりのできない小さな子にボールを投げつけたり、横からつき倒したり、遊びの邪魔をする幼児。深夜には高校生が集団でトイレに落書きしたり、大騒ぎして近所に迷惑をかけているというような話も耳にします。

気づいた大人が、勇気を出して注意することもあります。でも、無視や屁理屈で、反省の色も見せない子供たち。小学生でも犯罪を犯す時代です。それで恨まれて自分や子供が犠牲になる可能性だってあり得ます。あまり強く叱れないというのが現実という、世の中の風潮がなんとも情けなく感じられます。

夕方の楽しい時間を過ごそうと、せっかく出向いてきた母親と赤ちゃんたちは、小さくなって逃げるように遊ぶしかありません。我が子を危険から守ろうと、母親たちは必死に公園中を走り回っています。子供たちのため、公園の衛生と安全は私たちが守っていかなければなりません。母親として、最善の努力はしてみようと思います。そして何より、人の迷惑を考えない大人にだけはならないように、息子には親として強く接していこうと思います。

（二〇〇三年七月九日）

心の支え

一番仲の良いママ友達が、今二人目を妊娠中で、あとひと月で臨月を迎えます。ところが、昨日「お産が難しくなりそう。転院です」という不安なメールをもらったのです。昨日までの元気な彼女のパワーが感じられず、とても心配になりました。

私は息子を産む前に、一度流産を経験しています。結婚してすぐ主人が転勤になり、友達すらいない場所で、日中は一人ぼっちで家にこもって生活していました。流産を告知された日と、それを処置した日には、産院から一人、泣きながら歩いて家路につきました。不安と恐怖で崩れる寸前だった頃の思いが、彼女のメールを読んで鮮明に蘇ってきました。

一年前に近所に越してきたばかりの彼女も、きっと不安の中にいるはず。定期検診が終わって一番に私に報告してくれたことは、私を頼ってきてくれた証拠。「彼女の力になりたい」と私は心から思いました。前置胎盤で絶対安静。不安は的中しました。結局、入院することになり、一人目の子は実家へ預けることになったのです。

私は次の日、神社へ安産祈願に行きました。どしゃぶりの雨でしたが、息子の手を引き、何度も合掌しては目を閉じました。お守りを彼女へ手渡した時、お互いが泣きそうになりました。

「これまでもらったお守りで、今日が一番嬉しい」なんて、雨の中車を走らせた甲斐があったというものです。嬉しかった、私も。

公園のママたちに呼びかけて折った千羽鶴。今どき千羽鶴なんてと思ったけれど、友達皆の声も届け、元気づけたかったのです。彼女は驚き、そして私に「頑張ります」と力強い笑顔で誓ってくれました。

知り合ったすべての人は財産になります。誰かがつらい時は、なるべく心の支えになってあげたいと思います。お互いに支え合って生きていけたら、これ以上の勇気はないのだから。そしてまた、私もそんな仲間に支えられて生きているのです。

（二〇〇三年七月二五日）

神様に与えられた試練

義母が思うように歩けなくなり、腰の手術を受けることになりました。

入院してからというもの、検査づけの毎日に食欲も落ち、みるみる元気を失くしていっているように見える義母。息子を連れてお見舞いに行くと、手術への不安を隠すかのように、明るく元気に振る舞っていました。

手術の日を迎え、三時間にも及ぶ手術は無事終了。手術室から出てきた義母は「イタイ、イタイ」と声にならない声で訴えていました。立ち合った義父と私を見つけると表情は少し和らぎましたが、うなされ、いつもとは別人の姿がそこにありました。

結婚後、近所に越してきてからずっと、世話好きで頼もしい義母に甘え、何度となく助けられてきました。自分の母親がガンの手術をした日のことは今でもはっきり覚えていますが、その時と同じくらいのいたたまれない感情がわき上がり、それをこらえるのに必死でした。今日の日も、きっと忘れられない一日となるでしょう。

今、健康であることの大切さを改めて思い知らされています。人生では、病気や怪我は避けて通れない道。それに直面した家族は、どれだけ支えとなって力を合わせられるか、神様に試されているように思います。

「自分にできることは、なんでもやりたい」

子育てに追われながら、病院と主人の実家と自分の家を行き来する毎日ですが、本当の娘として頼ってもらえている喜びが、今の私の原動力になっています。

（二〇〇三年八月二八日）

「紅皿」仲間の一人として

投稿者の人柄が、ひしひしと伝わってくる文面のあたたかさに惚れ込み、「紅皿」に投稿を始めたのが、私も仲間に加わるきっかけでした。一日一人という競争率の高さがなんとも魅力で、どうしても挑戦したくなったのです。

「人に感動を与える書き手になりたい」というのが私の目標。そんな私にとって「紅皿」仲間はライバルであり、同志であり、そして何より尊敬する先生でもあります。Mさんもその一人だったのに。仲間の訃報には、毎回胸をしめつけられます。非常に寂しく、心から悲しい気持ちになります。まだ若く、ご主人や子供さんたちへの愛情に満ちあふれていたMさん。その特集記事を読んで、また涙が止まらなくなりました。「紅皿」は活躍し続けてきた投稿者を追悼し、特集記事として掲載もしたりします。

その記事に目を通すたびに、「もっと読みたかったのに」という思いと、「私も負けないで書き続けなければ」という気持ちでいっぱいになります。「紅皿」は何よりも投稿者を大切にし、配慮し続けてくれるところがとても好きです。何度原稿が没になろうとも投稿意欲をさらに高められるのは、「紅皿」に登場する人々にとても魅力があるから。

Mさんのように、私も読み手の心に名前を刻める投稿者の一人になれるでしょうか？　記憶の中で生き続ける人間になれるでしょうか？

顔さえ知らないおつきあいでも、心に触れ、あたたかい気持ちになりますが、会ってみたいと思っても、なかなか実現しないのは残念です。

早すぎる仲間の死を悼み、心からご冥福をお祈りいたします。

（二〇〇三年九月五日）

近所に空き巣、不安募る

近所のマンションに住む知人宅に空き巣が入りました。このマンションでは、過去何回か車の盗難や不審者の侵入にあっていて、知人も警戒していましたが、たまたま入院中で被害にあったのです。

深夜、ご主人が帰宅すると、窓のカーテンが風になびき、部屋中の引き出しが開いていたそうです。犯人のものと思われる足跡もあり、婚約指輪やビデオカメラなど、金めのものが盗まれたということです。

里帰りや出産などで長期に家を空ける場合は危険です。犯人は電話で留守を確認したり、近所に何回か足を運んだり、下調べを十分にして入るらしいのです。

近くに交番がない場合、住民は不安です。犯罪防止に取り組むため、もっと個人と地域が力を合わせなければと痛感します。

（読売新聞「気流」欄・二〇〇三年九月八日掲載）

※　お産を終えたばかりの知人は、結局すぐに引っ越しを決めました。先日、盗難品が本人宅に戻ってきたと嬉しい連絡があり、私もホッと胸をなでおろしているところですが、近所では盗難被害がいまだに相次ぐ状況にあり、まだ不安は続いています。

息子の成長を見た日

二歳三ヵ月になった息子を、初めて保育園に預けることにしました。毎年、私の健康診断の日には、近くに住む義母に預かってもらっていましたが、先月腰の手術をした義母に、あまり負担はかけられないので、不安はありましたが、一時預かりで保育を希望してみたのです。

息子が人とあまり上手にかかわれないこともあり、私もずいぶんと心配で、「集団生活の輪の中に一度入れてみたい」と、ずっと考えていました。それを実現させるには、ちょうどいい機会でもあったのです。

前の晩はそわそわして、ほとんど眠れませんでした。「泣くだろうなあ」という私の心配をよそに、息子はいつもと同じようにスヤスヤと眠っています。明日、ママと離れることになるなんて、これっぽっちも感じていない寝顔に、少しだけ罪悪感を感じました。「智くん、ごめんね。明日一日頑張ろうね」私は息子の頭をなでながら何度もつぶやきました。

当日、息子はおもらしもせず、給食も完食したそうです。「せんせい」という言葉まで覚えてきました。先生の話では、ママが恋しくていっぱい泣いたそうです。実際、迎えに行った時も、確かに先生に手を引かれ、顔をまっ赤にして大声で泣いていたっけ。一日の報告のあと、最後に先生はこうつけ加えられました。「今日はいっぱい褒めてあげてください。智哉くん、とっても頑張ってましたから」

その言葉に私は思わず涙ぐんでしまいました。こぼれそうになる涙の粒を落とすまいと、必死でこらえました。そして、いとおしさの増した息子を思いっきり抱きしめてあげました。

「よく頑張ったね。智くん、いっぱい成長できたね。えらい、えらい」帰り道に息子の手を握る私の手は、息子の成長を喜び、いつもより「ギュッ」って力が入りました。

（二〇〇三年一〇月七日）

お母さん、ごめんね

私の母は数年前、乳がんで片方の乳房を失いました。でも、そんなことなんてなかったように、今では卓球に生きがいをもち、定年退職を迎えた父といろんなところに旅行へ出かけたり、スポーツジムに行ったりして、人生を謳歌しています。そんな母なので、時々私はすっかり病気のことを忘れてしまいます。

乳がんは女性として本当につらく、悲しい決断を迫られる病気の一つです。がん切除の手術の方法は何通りかありますが、最終的に母が自分で乳房を失ってもかまわないという決断を下しました。何日も迷って、涙したということを私は知っています。

「乳房の写真は宝物」と題されたTさんの「紅皿」（十月三十日付）を読んだ時、私はハッとしました。どうしてそれに気づいてあげられなかったのだろう、と。手術後、母のぺしゃんこになった傷のある胸を初めて見た時、私はショックを受けたものです。
三人の子どもが命をつないできたおっぱい。何度も乳腺炎になって、たくさん痛い思いもしてきたおっぱい。こんなに思い出の詰まった大事な宝物だったのに、何も残してあげられなくてごめんね、お母さん。

（西日本新聞「紅皿」欄・二〇〇三年一一月一二日掲載）

恩師

中学を卒業してから早くも十七年が経過しました。K先生。私が恩師と呼びたい先生のうちの一人です。K先生とは、卒業以来一度も会っていません。今、先生はどうされているのでしょう？　私のこと覚えていてくださるでしょうか？　卒業の日、私は忘れられない素敵な思い出を先生にプレゼントしていただきました。できることなら、当時言えなかったお礼を今きちんと伝えたい。「ありがとうございました」と。

「お前には卒業式でクラス代表として卒業証書を受け取ってほしい」

中学の二年、三年と担任だったK先生は卒業式まで間もないある日、職員室に私を呼び出し、そうおっしゃいました。今はどうかわからないけれど、私たちの頃の卒業証書授与では、クラスの学級委員が代表としてステージに上がり、校長先生からクラス全員分の証書を受けとるのが普通でした。私の在籍していた三年六組も当然そうなるものだと思っていたので、先生のクラスになった二年間で一度も学級委員を任されたことがない私を、先生がどうしてそんな大役に抜擢したのかと不思議な気持ちでいっぱいになりました。それで素直に受け入れることができず、ずいぶん返事を渋っていました。「どうしてなの」とけげんそうに私を見つめるクラスメイトの視線を感じることも多くなり、ますます引き受けることが嫌になったのです。

恥ずかしがり屋の引っ込み思案で、クラスの中でも影が薄いというのが、私の姿でした。目立つことは大の苦手。緊張すると足がすくみ、発言できなくなるので、授業の発表すらまともにできない生徒だったのです。そんな私だけど、勉強だけは好きでした。成績は常に学年で上位をキープしていたと思います。テストの満点者を発表される時、私の名前が呼ばれることは何度もありました。不思議なことに、クラス中に注目され「すごいね」と肩をたたかれることは全然嫌じゃありませんでした。勉強だけが唯一、私の存在をアピールできる瞬間だったからではないでしょうか。本当は「自分も目立ちたい」そんな気持ちが人一倍強かったのかもしれません。

勉強ができたからか、多くの先生から結構かわいがってもらってはいました。一応、言われたことはきちんとやる子でしたし、人の嫌がるような役も苦にせず、率先して行っていました。決して優等生ぶっていたわけじゃないけれど、先生たちから見て真面目な私は模範のような生徒と思われていたのかもしれません。私自身は、なんの自信も強さも、まったくといっていいほどなかったけれど。

　いろいろないきさつがありましたが、結局、私は卒業式という舞台で初めて脚光を浴びることとなったのです。私のクラス代表がふに落ちない生徒には、K先生が必死になって説得をしてくれていたようです。K先生の気持ちを考えると、私はステージに上がる決意を固めないわけにはいかなかったのです。

　引き受けたことを後悔したくなるくらい、式の練習では何度も怒られ、恥をかいていました。大勢の前で「はい」と返事することすらまともにできず、「声が小さい」、「やる気あるのか」としつこく言われる毎日でした。

「こんな大役は、私には無理」と先生を恨みそうになった日もあります。プレッシャーが強く、私がやる気を出すしかないのだとわかってはいても、弱い自分になかなか立ち向かっていけないもう一人の私がいました。

卒業式当日、朝から胸がドキドキして落ち着きませんでした。三年生は六クラスあったので、六組は最後に順番がきます。途中、本気で倒れてしまいそうでした。そして、ついにその時がきたのです。K先生が三年六組全員の名前を読みあげ始めました。「代表、中尾真理」と最後は力強い声。ビクッとしました。けれどその一瞬で生まれ変われたように感じたのです。見えないパワーが、頭のてっぺんから足の先までビビビと伝わっていったように思います。

背すじがピシッと伸び、大きく手を振り、ゆっくりとステージへ近づいていきます。壇上に上がると、会場にいるすべての人の視線が私に向けられたのもわかりました。しんとした体育館に足音だけが鳴り響き、緊張も頂点に達しました。心臓が口から飛び出しそうでした。けれど、その時、確かに心地よい風が私に吹いてきているように感じました。味わったことのない気持ちのいい風でした。「私は今ここに立っているんだ」

卒業証書の重みをしっかりと感じ、一歩一歩踏みしめて会場を一周しました。私は席へ戻り、着席すると同時にK先生と目を合わせました。「よくやった」先生の目は私にそう言ってくれているようでした。私はこの時ほど達成感を感じたことはなかったように思います。内気な私に大きな自信と強さを与えてくれたクラス代表。一生の思い出となりました。何よりも両親が一番嬉しかったのかもしれないけれど。

卒業の日なくして、今の私はあり得ないと思います。クラスの最後のホームルーム。K先生が私に最高の言葉を残してくれようとしているなんて、まったく気づいていませんでした。先生がいろいろと思い出を語り始めると、クラス中すすり泣く声でいっぱいになりましたが、私は必死で涙をこらえていました。そして、先生は最後にクラスの一人一人が書き綴って作成した卒業文集をとり上げ、こうつけ加えられたのです。「先生はこの文集を隅から隅まで読みました。皆の気持ちがつまったこの文集は、とても大切な一冊になりました。宝物です。そしてこの文集の中でどうしても皆に読んで聞かせたい一文に出会いました。心からこのクラスの担任になれて幸せだったと思いました。先生が感激した『最高のプレゼント、ありがとうございました』と題されたある人の文章を今から読みあげます」

その瞬間、私の息が止まりました。父兄の集まった教室で、クラス全員に向かって先生が最後に読みあげようとしている文章。それは間違いなく私の文章だったのですから。名前は出さずに読んでくれていたので気づいた人は誰もいないと思いますが、私にだけは、しっかりその文が心に入りこんできました。そしておそらく後ろに立っている母にも——。

ついに涙があふれ出し、顔をあげられないくらいぐちゃぐちゃに泣きじゃくったのを今でもはっきりと覚えています。「先生、ありがとう。私、先生のこと一生忘れないよ」私は心の中で何度もそうくり返していました。先生は「最高のプレゼント」を私にもくださったのです。

ありのままの自分で精いっぱい生きていけばいいんだ——。K先生に出会わなければ、私はきっとこうは思えなかったでしょう。卒業式という旅立ちの場で私は、勇気をもって歩いていく強さと自信をつけたのです。先生は私にそれを教えたかったのではないでしょうか。先生には心から感謝しています。自信さえもっていれば、できないことはありません。失敗しても立ち上がって前に進んでいけばいいのですよね。

結婚して子供もでき、私もいろんな意味で強くなりました。高村真理として今は自信をもって生きています。成長した私をいつか先生に見てもらえる日がくると信じて。

（二〇〇三年一一月一五日）

先生から生徒へ、母から我が子へ

私の住んでいる福岡のある地区で、中学生が保健センターで行われている乳児健康診断に体験学習に行ったという話題をニュースでとり上げていました。検診の順番を待っている親子とふれあい、彼らが実際に赤ちゃんを抱かせてもらったり、あやして遊んであげたりする姿が映し出されていました。親以外の人に抱かれた赤ちゃんが大泣きするのは当り前。そんな姿に戸惑い、不安を隠せないで顔に出している子がほとんどでしたが、皆の笑顔はとても輝いていました。

私も息子を産むまでは、「落っことしちゃいそう」とか「抱き方がわからない」とか、彼らと同じ気持ちで友達の赤ちゃんに接していたものです。その頃の新鮮な気持ちが蘇ってきました。核家族が多い現代社会。身近に赤ちゃんとふれ合う経験なんてほとんどもたずに親になる子が多いというのが現実です。大人になりきれないまま子供を産み、責任のとり方や育て方も知らずに現実に直面して悩み苦しみ、挙げ句のはてには親としての責任を放棄して、最悪のむごい結果を招いてしまう親たち。今では毎日のように児童虐待のニュースが耳に入ってきます。そして、虐待死という文字を目にするたびに、一人の親としていたたまれず、悲しい風潮に激怒しています。そんな世の中だからこそ、こうした体験学習は大きな意味をもつ、とても素敵な試みだと私は思いました。

この学習で、つきそいの先生が生徒たち一人一人に手紙を配っていました。「何の手紙だろう」と興味津々だった私は、送り主を知って胸が熱くなりました。なんと先生は、生徒たちの母親に、生徒たちが産まれてきた状況や気持ちを綴った手紙を書いてもらい、それを預ってきていたのです。なんと粋なはからいなのでしょう。「あなたを産んだ時はヘソの緒がまきついて大変だったのよ」とか「陣痛がとても苦しくて死にそうな思いをしたわ」とか、母親は十何年前の子供たちのありのままの姿を文字にしていました。息子を産んだ経験のある私は、当時を思い出して思わず瞳がうるんでしまいました。母親は命をかけて、この世にわが子を送り出すのです。ひと言では語りつくせない思いや経験のつまった一通の手紙。読んだ子供たちには「親孝行しなくちゃ」、「反抗するのはやめてお手伝いをたくさんする」、「産んでくれてありがとうと言ってあげたい」など母親への感謝の気持ちが生まれたに違いありません。涙を流して母親の愛に感動している姿は、とてもいい光景でした。

命の大切さや重さを感じ、親子の絆を深めるためにも、こういう学習こそ、もっともっと取り込んでほしいと思います。実際、自分自身が母親になってみて、初めて親の大変さやありがたみに気づきました。育児ノイローゼやイライラと闘いながらの子育て。正直、何度も音をあげそうになりました。そんな時、「こんなに苦労していたんだ」と親を心から尊敬できたのです。

「あっという間に陣痛がきて、痛みも感じないくらい安産だったのよ。お母さん、すぐにおっぱいをあげたの。でもあまりにも早くあなたが顔を出しちゃったもんだから、お父さん、あなたの産声を聞きそこねちゃったのよ」

と、いつか息子を産んだ時の様子を語ってあげられる日がくるといいなと思っています。その時まで、精いっぱいの愛を息子に注いであげたい。息子が大人になって、いつか親になれた時「お母さん、ありがとう」と言ってくれたら、親になって本当に良かったと思えるでしょう。

ニュースで見た中学生たちは、きっと素敵な親になってくれると思います。こんなに心があたたかくなる話題にふれたのは久しぶりでした。

（二〇〇三年一一月一八日）

ヘルパー講習を通して学んだこと

私は平成十二年十二月二十日、鹿児島にてホームヘルパー養成研修をすべて修了し、県知事認定を受けることができました。今は子育て中で、なかなか仕事に就くことはできないけれど、将来、現場の実習を重ね、更なる上の資格取得を目指して頑張ってみたいという気持ちはあります。ヘルパーの研修をしている同じ仲間のおばちゃんたちは「子育てにもきっと役立つから」と私のことをとても応援してくれていました。研修の途中で、今は二歳になる息子の妊娠が発覚しました。そのせいもあったかもしれません。でも、今思うと、本当にあの時ヘルパーの資格をとる決心をしていて良かったと思います。

講義中はいろいろなことを学び、考えました。実習において、今まで出会ったことのない人たちとふれ合うことができました。結婚して、何の目標ももてずにただ一日を過ごしていた私にとって、とても大きな刺激となりました。

どうして私がヘルパーの講習を受けようと思ったのか。それにはいろいろと理由があるけれど、やはり介護の世界を身近でずっと見てきたことが大きいと思います。介護の世界には、その人にしかわからない現状があるのです。人が嫌がることもやらなくてはいけないし、他人とかかわっていくことの大変さもあります。実際、私の母親が義母の介護で、何度もその壁にぶち当たり、悩み苦しんでいたのを知っています。母だけじゃなく義母も同じだったと思います。けれど、見て見ぬふりはできないから、お互いがつらい気持ちになります。私は、その中から喜びや幸せを見出せた時、初めてお互いを認め合う信頼関係も生まれてくるのではないかと思います。

介護する側、される側、そして周囲の人々が一つの目標を達成するまでのプロセスには大きな意味があるはず。つらい苦労や悩みがあるからこそ、目標達成の喜びもあるのです。寝たきりの人生なんて誰も楽しいはずはないのですから。誰もが「自立」を目指して少しずつでも前に進みたいと願っています。「介護すること」はそれをサポートすることでもあるのです。生きているという実感を互いに肌で感じ合う。それが介護の魅力だと痛感しました。

介護する側に立っている人には、人間として求められる愛情や明るさ、誠実さ、そんな血の通ったあたたかさをもつ必要があって、相手に押しつけない謙虚な心をもつことも望まれます。相手の立場になることはとても難しいもの。これはどんな人間関係においても言えることだと思いますが、思いやりが欠けると少しずつ溝が深くなって、最後にはとり返しがつかなくなります。人に優しさを提供するなら、まず自分がおだやかな心を持ち、相手を理解し、わかり合おうとしなくてはなりません。

人を思いやる気持ちは、日頃から意識して周囲へアンテナをはり巡らせ、信頼し、愛される努力をすることから生まれます。介護を学びながら、人間関係を上手に築くヒントを教えられました。そう頭で理解した今も、主人とケンカしたり、子供のすることに腹を立てたりしています。自分を反省するばかりの、まったく進歩していない毎日というのが現実とは、なんとも情けないのですが。

いろいろな立場の人と知り合いたいと、今は強く思います。同じ目線になってみることで、今まで知らなかったり、見逃したりしてきた世界を見たいと思うし、感動に触れ、人として生きる意味や価値を見出せたら、自分自身も大きく成長できるような気がします。子育てをしていると、新しい発見が次から次に出てきます。子供は、大人ならなんとも思わないことに心から感激したり、不思議に思ったりします。その感性は、私に多くのことを教え、見失っていたものも、いつの間にか取り戻してくれています。人生立ち止まってのんびりするのも悪くないと、毎日のように感じられるようになれたのも、息子と同じ時間を共有し、感動を分かち合ってきたから。私の人生でとても意味ある時間になっています。

ヘルパーの勉強は、私の価値観を大きく変えました。私は今、子供を育てること、夫婦の関係を確かなものにすることに全力を注いでいます。愛情の押しつけや自分本位な行動は、信頼関係において一番の大敵。相手の痛みや心の叫びをキャッチできる距離でしっかり向き合い、支え合う家族づくりを目指そうと思います。

（二〇〇三年一一月三〇日）

※　私は最近ホームヘルパーの仕事を始め、介護社会に一歩踏み出すこととなりました。自分のできる範囲で精いっぱいのサービスと笑顔を提供し、貢献できればいいなあと思っています。

家族の叫び、もっと聞いて！

イラクの復興に向けて情熱と誇りをもって、命がけで支援に取り組んでいた日本人外交官の二人が、昨日、無言の帰国をし、空港にて追悼セレモニーが行われました。

この二人の残された家族の姿に、政府は何を感じたのでしょう。今後の世界情勢にどう責任をもって対応をしていくのか、非常に興味のあるところです。テロの一言で片付けてしまうには、あまりにも無責任すぎると思います。

身重のお腹をかばうように手を組み、必死で悲しみを押し殺して棺を見つめる妻と、状況を理解できない二歳の息子の笑顔。制服姿の一人息子が号泣する横で、娘二人に優しく抱きかかえられた母は、悲しみにむせんでいます。外交官の妻になることを選び、新しい家庭を築き、幸せの絶頂にいたはずなのに。夫の仕事を理解し、多少の覚悟はあったと思いますが、こんなに悲しい結末までも予想していたでしょうか。

「主人の仕事を誇りに思う。いい仕事をしたから」なんて冷静な言葉は、最愛の人を異国の地で失い、途方に暮れる状況の中で、私にはとても言える言葉ではないと思いました。これから産まれてくる赤ん坊が、父親に抱かれることさえないという事実も、あまりにもむごい仕打ちです。

こんな光景は二度と見たくありません。そして、絶対につくってはならないと思います。仕事に生きる夫を支える家族の叫びに、もっともっと世界中が耳を傾けなくてはなりません。

世界平和を切に願います。

（二〇〇三年一二月五日）

九週目のサヨウナラ

十二月に入ってから、二人目の妊娠がわかりました。周囲のママ友達が二人目を妊娠したり出産したり、今年はおめでたい話題が多かったので、我が家もついにきたか！　というほど、心待ちしていた赤ちゃん。妊娠検査薬で陽性反応が出て、喜びもひとしおでした。

しかし、私には正直、素直に喜べない理由がありました。今は二歳半になる一人息子の智哉を授かる一年前に、八週目で一度流産を経験しているからです。「またダメになったらどうしよう」私の中には、常に、その不安が宿っていました。

十二月八日、第一回目の検診。尿検査をして「オメデトウゴザイマス」と看護師さんから言われましたが、内診台に上がってモニターを見た途端、私の不安は一気に加速しました。モニターに映る私の子宮に卵が見当たらないのです。生理の遅れからすると五週目に当たります。やっぱり少しおかしい。案の定、先生から「正常妊娠かどうかはまだはっきりわからないので、二週間後にまた来てください」と言われました。これで赤ちゃんに出会える可能性が半分に減ってしまいました。

二週間後の再検査は、十二月二十日。普通なら卵から胎児に成長している兆しがあるはず。が、モニターに映っていたのは、この間より少し大きくなっていた子宮と小さな卵でした。「またダメかもしれない」私の不安は的中し、先生の診断で「心音が確認できないみたい」とダメ押しをされました。せめてもの慰めだったのでしょうか。「もう一週間待ってみようか」先生の優しさに少し救われ、診察室を後にしました。この段階で赤ちゃんの育つ可能性は十パーセントにも満たなかったと思いますが、私たち家族は、わずかな希望を捨てずに一週間後の最後の診断を待ちました。

ところが明日ですべてが決まるという日の夜、不安でたまらない、はりさけそうな気持ちが、なぜかどっと押し寄せてきたのです。ずっと強がっていたのでしょうか。突然、流産への恐怖に耐えられなくなり、布団の中で声をあげてわんわん泣きました。

心配して主人が駆けつけ、私を抱きよせてくれましたが、その胸の中で「どうして私たちが二度もこんな思いをしなくちゃならないの」と何度も何度も泣き叫びました。

「お願い、明日はもう泣かないから、今日だけ泣かせて」

私の思いを痛いほど、わかってくれている彼のそばで、私は少しずつ落ち着きを取り戻していきました。

十二月二十七日、三回目の検診。願いも届かず流産の宣告を受けました。覚悟はしていたのでショックは一回目の時よりはありませんでしたが、やはりどこか空虚な気持ちになり、涙をこらえるのに必死でした。九週目のサヨナラで、四年前と同じように子宮内の清掃手術を受けることになりました。

私の場合、受精卵が育たないという「けい留流産」で、あの雅子妃殿下と同じケース。出血や下腹部痛などの自覚症状がない場合、検診で確認されて初めてわかることも多いのです。全妊娠の十パーセントから十五パーセントを占め、避けることはできません。胎児の死亡が知らされると、すぐに手術の予約を入れなければなりません。聞くところによると、望まずにできてしまった赤ちゃんの中絶手術と同じような処置をするそうです。そういえば、一回目の手術を受けた際、同室の向かいに若い女の子が平気な顔をして座っていました。どこかすっきりしたような、ふっ切れた顔が妙に印象的だったのでよく覚えていますが、同じ日に同じ台で、違う意味の手術が行われていたのかと思うと、たまらなくせつない気持ちになってしまいました。

十二月二十九日、子宮内清掃手術が行われました。子宮をそのまま妊娠状態にしておくのは危険だし、次の妊娠も望めなくなります。それで子宮内の卵と胎盤をすべて取り出す手術をするのですが、手術自体は、わずか数分ですみ、入院の必要もありません。けれど、一応麻酔もかけるし、術後三日間は、安静にしていなくてはいけません。麻酔がきいて、意識が遠のいていく中、手術台の上で、私は赤ちゃんにサヨウナラを告げました。

皆さんは、知っているでしょうか？　妊娠しても正常に出産できず、悲しみの涙を流している人たちがいるということを。「女性なのに子供を産めない」というつらさとは比べものにならないかもしれないけれど、流産や子宮外妊娠、死産などで小さな命を失う悲しみは、この世に誕生させてあげられなかった命として母親の心に深く強く残って消えない傷となるのです。そして、今、小さな命に出会えないで苦しんでいる人、失って泣いている人は、ごく普通に周囲に存在しています。「子供は早くつくらなきゃ」とか「二人目はまだなの」とか、結婚して落ち着くと、次から次に、そんな言葉があいさつ代わりに耳に入ってきます。はっきり言ってこれほど無神経なあいさつはありません。当り前に子供を産む幸せに恵まれないで苦しんでいる人たちにしてみれば、針のむしろなのですから。妊婦が幸せそうに街を歩いている姿を見ると、私でさえ思わず目を背けてしまうことがあります。流産を経験して、そういう人たちの心の痛みを知ることができたのは、大きな収穫だったかもしれません。

この忙しい年の暮れに二度目の流産を経験して、一つだけはっきりしたことがあります。私には愛する夫がいるということ。そして何より大切な宝物・智哉がいるということ。今回は残念ながら二人目の子供には恵まれなかったけれど、家族にはずいぶん救われました。二人がいたから、前みたいに泣き続けることもなかったし、立ち直るのも早かったと思います。何しろ、子育てに休みはないのです。落ち込んでいる暇はありません。悲しみの底から立ち上がっていけるのも、支えてくれる家族があってこそなのです。
二〇〇三年は、我が家にはあまりいいニュースはなかったけれど、来年はきっと素敵な一年になると思います。いや、そう信じています。だって、神様はきっと、頑張る私たちにごほうびをくださるはずだもの。心の傷がいえ、精神的に余裕ができたら、また次も考えてみようかなと思います。智哉が私のお腹の中の赤ちゃんに会える日を楽しみにしているようですから。

（二〇〇三年一二月三一日）

希望、そして前進

平成十六年を迎えました。思えば去年は、本当に苦しい一年でした。専門学校に転職した主人が、生まれて初めて担任を受けもつということで、いろいろなプレッシャーもあったせいか、一年で十五キロも体重を落としたのです。そして私は、息子が自閉症かもしれないという疑いに翻弄され、頭を悩ませ、情報収集に走り回りました。義母の入院及び手術、私の父の初期胃ガンの切除手術が二回。そういえば、私は顎関節症にもなったっけ。心を休ませる暇もなかったくらいに、あっちこっちへ飛び回っていたように思います。

そして極めつけは、私の生涯二度目の流産。十二月に妊娠がわかるも、正月を迎える準備もままならず、年末に流産の手術を受け、年明け早々安静が必要で、動けない毎日となってしまいました。

今年は、一体どんなことが起こるのでしょう。私の大厄の年にも当たるので、子供を産んで厄落としといきたかったところなのですが。

ただ、つらい毎日の中で、二歳半になる息子の笑い声が耳にすぐ届く場所にいられたことは大きな救いでした。息子の成長は、私たちの心の癒し。これからも、その笑顔がある限り、決してくじけることなく、私たちは前に進んでいけるでしょう。

「頑張った向こうには希望の光があることを信じて」私の父から届いた今年の賀状に涙で文字がにじみました。何度も何度も読み返して「ありがとう」と手を合わせました。


（二〇〇四年一月一五日）

「生きる」ということ

サッカーの部活動中に落雷が直撃し、奇跡的に命をとりとめた福岡県久留米市の生徒のことは、非常に衝撃的な事故で、とても記憶に残っていました。あれから、もう六年もの歳月が流れたのでしょうか。

彼の在籍していた中学校では、事故後、このような事故を防ごうと「安全集会」を開いているという記事を読みました。担送車に寝せられたまま、母親とその集会に参加した彼ですが、自ら思いを語ることはできません。そこで、彼の友人が、彼の気持ちの代弁者となり、「命を大切に。精いっぱい、真剣に生きていってほしい」と訴えかけました。それは、彼本人が、日々生きる意味を問いかけて生きていることを物語っているように思えました。

その彼が、今年めでたく成人しました。どのような姿であろうとも、「息子が生きている」その事実は、母親にとって他の何にも変えられない幸せであると思います。現実を受け止め、懸命に障害と闘いながら生きている彼らにとって、「生きる」ことは目標となります。そんな目標を、時には自ら投げ出してしまいたくなることもあるでしょう。でも、その傍らには、必ず家族の支えと大きな愛があるのです。ほとんどの母親は「自分はどんな犠牲になってもいい。子供の命だけはこの手で守ってあげたい」と心から願っているに違いないのですから。

家族の愛と勇気。それが、時に、起こり得るはずのない奇跡をも生み出すのです。「生きる」こと。それは、人生において一番難しい大きなテーマ。一日の重みを常に感じて、悔いのない人生を送っていきたいと思います。なかなか思い通りにはいかなくて、反省ばかりの毎日というのが私の現実なのですが。

私にも、命より大切な我が子がいます。この親子の生きる姿が、大きな励ましとなったのは、言うまでもありません。

（二〇〇四年一月二〇日）

あとがき

子供の頃の私は、無口でおとなしかったせいか、人の輪の中に入ることがとても苦痛でした。人の話のペースについていけないし、話をしようと思って構えていても、必ずといっていいほど、誰かに先を越され、話すタイミングを逃していました。そうしているうちに、だんだんと一人でいることを好むようになりました。

その頃の私は勉強が大好きで、暇な時は本ばかり読んでいました。

そんな頃、文章を書くということに興味をもち始めました。最初は絵本の物語だけをノートに書きためて、それを親や学校の先生に読んでもらって感想を聞いたりしていました。童話作家になりたいと真剣に思い、通信講座で立原エリカさんの童話塾に通っていたくらいです。

でも、そのうち行き詰まってしまいました。話のネタを探しながら、自分は何を書きたいのかよくわからなくなったのです。講座を続けるのも苦しくなって、次第に童話作家になる夢も遠のいていきました。

高校生になって、文学少女の私が、何を思ったのか突然ソフトボール部に入部。周囲をアッと驚かせ、また自分自身でも戸惑いを感じながらも、放課後には毎日グランドへ向かっていました。チーム一番の下手くそで、怒られてばかりだった私ですが、練習だけは一日も休みませんでした。なぜなら、その場にいるだけでとても楽しかったのですから。部活の仲間と共に汗を流し、楽しい時には思いっきり笑い、悔しい時にはみんなで励まし合い、そして時には恋の悩みを打ち明け合いました。そうして私は、仲間の絆の素晴らしさを徐々に知っていったのです。私にとって初めての青春でした。本を読むのも忘れてしまうくらいの充実感。「私、変われるかもしれない――」と、強く思いました。

そんな時に何気なくページを開いたからかもしれません。母親に「読んでみたら?」と勧められても、なかなかページを開けずにいた『塩狩峠』という小説に、ある時、私の心はぐっと引き込まれてしまったのです。

いろいろなジャンルの本を読みあさり、たくさんの本と会話していても、活字にふれながら、涙を流して感動する場面にはなぜか出会えませんでした。けれど、その一冊だけは違ったのです。本を読みながら自分の頬に涙の熱が伝わるのを感じたのは初めての経験でした。

「本って、人の心の中にスーッと入り込んでくる素敵な力があるんだ」

作者のもつ言葉の力に、大きく身震いしました。

「いつか私もそんな書き手になりたい」

そうして「本を出す」という夢が、また私の中で大きく膨らんでいきました。でも、当時の私は高校生。その夢はただ漠然としていて、実現しようという強い情熱はもてませんでした。「勉強なんかより楽しいことってあるんだ――」今ではForever Friendsとなる彼女たちと出会って、ソフトボールを通して大切なものを見つけられた私は、いつの間にかその夢をしまいこんだまま、大人になってしまったのです。

大人になり、結婚して落ち着いた自由な時間をもてるようになると、頭の中で整理できずにあふれ出そうとしていた、自分の中にあるもやもやした気持ちや心の声を、自分の考えとして文字にすることを思いつきました。

あれだけ話をすることに抵抗を感じ、おしゃべりに苦労していた私が、不思議とペンを握ると次から次に流れ出てくる言葉の処理に困るくらい、目の前の用紙は言葉でいっぱいになりました。その言葉と言葉をつなぎあわせ、自分の言葉として完成させる作業はなんとも楽しく、時間はいくらあっても足りませんでした。そうやって私は、次第に文章を書くという心の表現方法を見つけていったのです。その後、これは私のストレス発散にも大いに役立っていくことになるのですが。

言葉を文字にすることは、私にとって自分を知る一番の方法になりました。

第三者へ向けて書いたように見える文章も、すべて自分へ向けた疑問だったり、自分への励ましだったりします。
自分が感じてきた瞬間の気持を言葉にすることで、自分の生きる道を模索し続けていたように思います。自分を支えるために文章を書いていたのかもしれません。そのうち、その文章が新聞の投稿欄にたびたび登場するようになりました。自分の知らない誰かに認められ、多くの感動を与えたことを知りました。それがきっかけで、私は積極的に人とふれあえるようになり、自分の存在をアピールすることに快感を覚えていったのです。

そうしてだんだんと、人間として大切なものは何かが、はっきりと見えてきました。この世に生を享けて生きていくことの難しさを知り、悔いのない人生を送るために精いっぱいの努力をしたいと思うようになりました。これまでに出会ったすべての人が私の支えであるように、私自身もみんなの支えになって生きたいと思うようになりました。家族の愛情や人の優しさにふれ、笑顔をたくさんもらって生きることの幸せを切に感じ、人とのつながりや絆をつくっていける出会いに感謝しました。

今は「人間っていいな」と心から思います。人が一人で生きていくことは本当に苦しいと思いますが、弱音を吐ける場所があったり、愚痴をこぼす相手がいたり、そうした疲れた心を癒してくれる誰かがそばにいてくれたら、きっと強く生きていける。私はそう信じています。

私は大切な人の、傷ついたり、不安だったりする心の声を知りたいと思います。流す涙を優しく受け止めたいと思っています。でも、それは自分が相手に心を開けた時に初めてつくることができる人間関係だと思うのです。だから、私という人間を知ってほしくて、私は今まで文章を書き続けてきました。少し勇気を出して自らの心の扉を開くことにより、見つからなかった何かを見つけることができるかもしれません。

大切な人といつまでもつながっていたい。そんな気持ちを、この本に、たくさん、たくさんつめることができました。

「本を出版する」という大きな自分の夢がこんなにも早く叶うなんて思ってもみなかったことです。夢を追いかける道は決して平端ではないけれど、「必ず叶う」と信じて、まわり道をしてみるのも悪くはないと思います。チャンスはどこかで必ずやってくると思うから。

最後に、この本を製作するにあたって、私の未完成な原稿をまとめてくださった文芸社のスタッフに心から感謝とお礼を申し上げたいと思います。ありがとうございました。生きている途中で出会うすべての人が、私の財産となることは間違いありません。

この本を手にとり、ページを開いてくださいました皆様との素敵な出会いを期待しています。

最後まで読んでいただきまして、本当にありがとうございました。

二〇〇四年三月

高村真理

著者プロフィール

高村 真理（たかむら まり）

1972年（昭和47）福岡県中間市に生まれる。
1991年　福岡県立八幡南高等学校卒業後、（株）高田工業所入社。
1997年　退職後、アルバイト勤務を経て、1998年結婚と同時に鹿児島市に住む。現在、福岡県糟屋郡粕屋町にて、1児の母として子育てに奮闘中。
2004年3月より登録ホームヘルパーとしても活動開始。

心のとびらをノックした…

2004年7月15日　初版第1刷発行

著　者　高村 真理
発行者　瓜谷 綱延
発行所　株式会社文芸社
〒160-0022　東京都新宿区新宿1－10－1
電話　03-5369-3060（編集）
03-5369-2299（販売）

印刷所　株式会社平河工業社

ISBN4-8355-7620-9 C0095